L'AMI
DE LA MAISON,
COMÉDIE.

L'AMI DE LA MAISON,

COMÉDIE

EN TROIS ACTES ET EN VERS, MÊLÉE D'ARIETTES;

Repréſentée devant Sa Majeſté à Fontainebleau le 26 Octobre 1771, & ſur le Théâtre de la Comédie Italienne, le Jeudi 14 Mai 1772.

Par M. MARMONTEL, de l'Académie Françoiſe.
La Muſique de M. GRETRY.

Le Prix eſt de 30 ſols.

A PARIS,
Chez VENTE, Libraire des Menus-Plaiſirs du Roi & des Spectacles de Sa Majeſté, au bas de la Montagne Sainte-Geneviève.

M. DCC. LXXII.

Avec Approbation & Permiſſion.

ACTEURS.

CÉLICOUR,	M. Clairval.
AGATHE,	Madame Laruette.
ORFISE, *Mere d'Agathe.*	Madame Trial.
ORONTE, *Frere d'Orfise & Pere de Célicour.*	M. Nainville.
CLITON, *Ami d'Orfise.*	M. Julien.
UN LAQUAIS.	

Le lieu de la Scene est une Maison de Campagne.

AVIS.

ON a fait quelques changemens à cette Piéce depuis qu'elle est imprimée ; & quoiqu'ils n'intéressent guère que la partie du chant, il est bon que le lecteur en soit instruit d'avance, & qu'il sache où ils sont placés.

ACTE I. SCENE I *Pag.* 6.

(*Après ces mots*) Mais de vous plaire, (*ajoutez*).

DUO.

AGATHE.

Vous avez deviné cela !
C'est être fin, c'est être habile.

CÉLICOUR.

Sans être fin, sans être habile,
J'ai fort bien deviné cela.
Vous, qu'il appelle sa pupile,
Défiez-vous de ce nom là.

AGATHE.

Moi, qu'il appelle sa pupile,
Me défier de ce nom là !

CÉLICOUR.

Je suis certain qu'il en tient la. *

AGATHE.

Vous avez deviné cela !

* *Au cœur.*

CÉLICOUR.
Ses yeux cent fois m'ont dit la chose.
AGATHE.
Ses yeux disent-ils quelque chose ?
CÉLICOUR.
Défiez-vous de ces yeux là.
AGATHE.
Je n'ai pas peur de ces yeux là.
CÉLICOUR.
On voit qu'il désire & qu'il n'ose.
Je suis certain qu'il en tient là. *
AGATHE.
Croyez plutôt qu'il en tient là. **

CÉLICOUR.

Et s'il se réserve à lui-même, &c.

MÊME SCENE, *Pag.* 7.

(*Après ces mots*) Et l'autre jour dans le jardin ;
(*ajoutez*)

AIR.

QUAND je louois cette rose vermeille,
Qui répandoit le parfum le plus doux,
Et du larcin que lui faisoit l'abeille
Quand j'étois si jaloux ;
AGATHE.
Hé bien ?
CÉLICOUR.
La rose,
A peine éclose,

---

* *Au cœur.* ** *A la tête.*

La rose, c'étoit vous.
Et ce pigeon si plaintif & si tendre,
Qui gémissoit, je savois bien pourquoi ;
Quand j'invitois votre oreille à l'entendre ;

AGATHE.

Hé bien ?

CÉLICOUR.

Le pigeon, c'étoit moi.

AGATHE.

C'étoit vous ?

CÉLICOUR.

C'étoit mon emblême.

AGATHE.

A tout cela je n'entends rien ;
Et je ne sais jamais que ce qu'on me dit bien.

CÉLICOUR.

Je vous dis donc que je vous aime, &c.

MÊME SCENE, *Pag. 9.*

(*Après ce mot*) M'aimer, (*ajoutez*)

AGATHE.

AIR.

QUoi ! vous doutez de vos conquêtes !
Quoi ! tout de bon vous en doutez !
Jeune & galant comme vous l'êtes !
Ah ! mon cousin, vous plaisantez.
Avec cet air brillant & leste,
Il vous sied bien d'être modeste !
Eh non, non, non ; vous plaisantez.
C'est à moi de n'oser croire

Qu'à de si foibles attraits
L'Amour accorde la gloire
De vous blesser de ses traits.
Mais vous ! douter que l'on vous aime !
Vous, qui vous aimez tant vous-même !
Ah ! mon cousin, vous plaisantez.

CÉLICOUR.

Continuez. Ce badinage
Sans doute est ici de saison.
Ciel !

AGATHE.

Mon cousin, c'est qu'à mon âge
On s'ennuie à parler raison.
Essayons pourtant. Je suppose
Que nous nous aimions ; croyez-vous
Qu'à nous unir on se dispose,
Et que vous soyez bien l'époux
Qu'à votre cousine on propose ?

CÉLICOUR.

Ah ! quel malheur vous m'annoncez !
J'en mourrai de douleur. Mais avant que je meure,
Dites-moi seulement, *je t'aime* ; c'est assez.

AGATHE.

Oui, je vous aime, à la bonne heure ;
Mais plus d'impatience, ou je me fâcherai.

CÉLICOUR.

Oh ! non. Je me posséderai ;
A présent, rien n'est plus facile.
Mais si Monsieur Cliton vient m'échauffer la bile...

AGATHE.

Hé bien? Que ferez-vous?

CÉLICOUR.

Je...

AGATHE.

Quoi?

CÉLICOUR.

Je me vaincrai.

Je ſuis aimé, je ſuis tranquile;
Et plein de mon bonheur je le renfermerai.

SCENE II. *A la fin de l'Acte, pag.* 18.

(*Après l'air*) Je ne fais ſemblant de rien, (*ajoutez*)

CÉLICOUR.

Ah! vous me rendez le courage,
Belle Agathe. Je vous devrai
Le bonheur de ma vie; il ſera votre ouvrage.

AGATHE.

Pour ma peine, avec vous je le partagerai.
Allez, ſoyez tranquile; & ſurtout ſoyez ſage.

Fin du premier Acte.

ACTE II. *Pag.* 19.

L'Acte doit débuter ainsi.

SCENE PREMIERE.

ORFISE, CLITON.

ORFISE.

POUR cela non, jamais. Il y peut renoncer.
Je veux même au plutôt qu'il s'éloigne, & l'oublie.
Juste ciel ! à quelle folie
Je donnois lieu sans y penser.

AIR.

On dit souvent qu'il est doux d'être mere.
En le disant, hélas ! on ne sait guere
Ce qu'il en coute de regrets.
Le ciel nous vend une faveur si chere ;
Et la douleur la suit de près.
Le jour, la nuit dans les allarmes,
En tremblant on cede au sommeil.
Et quelle mere, à son réveil,
N'a jamais répandu des larmes ?
Non, non, jamais
Il n'est possible,
Il n'est possible
D'être en paix.
Non, non, jamais.
Un cœur sensible,
Un cœur sensible
N'est en paix.

SCENE II.

ORONTE, CÉLICOUR, ORFISE, CLITON.

ORONTE.

MA sœur, voilà mon fils, &c.

MÊME SCENE, *Pag.* 20.

(*Après ce vers.*)

Son équipage fait qu'il parte incessamment.

ORFISE *ajoute.*

Mon neveu, la raison, le devoir, tout exige
Que vous soyez au moins deux ans loin de Paris.

CÉLICOUR.

Deux ans, ma tante!

ORFISE.

Au moins, vous dis-je.

CÉLICOUR.

Mon pere!

ORONTE.

Ma sœur!

ORFISE.

Je l'afflige;
Mais mes bontés sont à ce prix.

(*Oronte emmene Célicour.*)

SCENE III.

ORFISE, CLITON.

CLITON.

VOus avez fait, Madame, &c.

ACTE III. SCENE VI. *Pag.* 55.

Après ce Vers, Me demande à moi mon aveu.

AIR *chanté par* ORFISE.

IL est bien tems qu'on me consulte !
Ah ! mon ami !
C'est une insulte ;
Et de douleur j'en ai frémi.
Pour me tromper, tous deux s'entendre !
Trahir une tante ! une sœur !
Ah, mon ami ! quelle noirceur !
Séduire un cœur facile & tendre ;
Et puis venir me dire à moi :
Ma sœur, l'Amour nous fait la loi !
Non, non, qu'ils cessent d'y prétendre.
Non, Cliton, ce n'est pas à moi
Qu'un fol amour fera la loi.
Mere imprudente ! A quoi m'expose
Ma foiblesse & ma bonne foi !
De mon malheur je suis la cause.
Dans votre sein je le dépose.
Fidele ami, secourez-moi.
Je n'ai que vous : secourez-moi.
Il est bien tems, &c.

CLITON.

Eh, Madame ! l'on sait que vous êtes si bonne ?

ORFISE.

Je le suis, mais non pas assez, &c.

ACTE II. SCENE II. *Pag.* 21.

(Après ce vers.)

Mais vous peut-être aussi vous vous éblouissez.

(Ajoutez)

Eh! non, Madame, non: j'en appelle à vous-même.

ORFISE.

Il faut que la louange ait un poison bien doux!
Tout le monde la craint, & tout le monde l'aime.
Je sens que je devrois me défier de vous:
Vous me flattez, Monsieur; je me le dis sans cesse;
Et tel est votre empire, & telle est ma foiblesse,
Que je vous crois, vous seul, plus que moi, plus que tous.
Mais enfin, se peut-il que je sois accomplie?
L'amitié dans un sage est-elle une folie?
Se fait-elle un devoir de tirer le rideau
Sur tout ce qui dépare une image embellie?
Ou bien comme l'amour a-t-elle son bandeau?

CLITON.

Pourquoi non, Madame? peut-être
Avez-vous des défauts que je ne puis connoître;
Que vous-même vous effacez,
Qu'avec art vous embellissez.

ORFISE.

Avec art ! moi, Cliton ! ce reproche m'alarme.
Je ne connois point d'art.

CLITON.

Ma foi ! c'eſt donc un charme ;
Un charme inconcevable.

ORFISE.

Ah, vous me raſſurez.
Mais ſi le charme ceſſe, au moins vous l'avourez ?

CLITON.

Oui Madame. Croyez que jamais je ne flatte.
Par exemple, je vous dirai
Que ce beau naturel, &c.

MÊME SCENE, *page* 23.

(*Après ces mots.*) Quel ami ! dont le zele,

Penſe à tout ! prévoit tout !

(*Ajoutez.*)

Mon ſexe a bien raiſon !
Un homme eſt un ami pour nous, bien plus fidele
Qu'une femme. En effet, quelle comparaiſon !

De deux femmes en liaiſon,
Le goût n'eſt qu'une fantaiſie.
La vanité, la jalouſie
Y mêlent bientôt leur poiſon.
Dans ſon amie, on voit ſans ceſſe une rivale.
Dès qu'on l'efface, on lui déplaît;
On ne peut la ſouffrir, à moins qu'on ne l'égale;
Et dès qu'on lui cède, on la hait.
Des triomphes de ſon amie
Un homme, au contraire, eſt flatté.
Avec elle il eſt ſans envie,
Comme il eſt ſans rivalité.
Certaine voix confuſe en eux ſe fait entendre;
Qui leur dit, *ſoyez de moitié.*
Ce n'eſt point de l'amour; on eſt loin d'y prétendre;
Mais c'eſt un intérêt plus délicat, plus tendre,
Plus vif que la ſimple amitié.

CLITON.

A merveille! cette peinture
Rend le cœur humain trait pour trait;
Et l'on diroit que la nature
Vous a révélé ſon ſecret.

ORFISE.

Hola, quelqu'un... ma fille. Il eſt temps qu'elle vienne
Prendre ſa leçon, &c.

ACTE I. SCENE II. *Pag.* 16.

(*On vient de retrancher l'Air*)

L'Amour le plus insensé

(*Et au lieu de ce vers*)

Qui vous presse en effet? Vois un peu la folie

(Oronte *dit.*)

Est-tu donc si pressé? Vois un peu la folie

Le premier Acte finit par le trio; & l'air, *Je ne fais semblant de rien*, est placé au commencement du second Acte.

L'AMI DE LA MAISON,

COMÉDIE.

ACTE PREMIER.

Le Théâtre représente un Salon.

SCENE PREMIERE.

CÉLICOUR, AGATHE.

CÉLICOUR.

BELLE cousine, hé quoi ! vous me fuyez toujours !
Je ne suis en ces lieux que depuis quinze jours ;
Et de m'y voir vous êtes lasse !
Les heureux momens que j'y passe,
Ne seront-ils pas assez courts ?

AGATHE.

AIR.

Je ſuis de vous très-mécontente,
Très-mécontente, entendez-vous ?
Je vous croyois docile & doux;
Vous avez trompé mon attente.
Je ſuis de vous très-mécontente,
Très-mécontente, entendez-vous ?
Hé quoi! ſans ceſſe
Suivre mes pas!
Chercher mes yeux! me parler bas!
Et me ſourire avec fineſſe!
Belle fineſſe!
Vous croyez qu'on ne vous voit pas

Je ſuis de vous, &c.

Des vivacités
Sans fin, ſans nombre;
Vous vous dépitez;
Vous devenez ſombre;
Vous ne me quittez
Non plus que mon ombre;
Toujours aſſis à mes côtés.

Je ſuis de vous, &c.

CÉLICOUR.

Pardon, belle couſine. Oui, je ſuis trop ſenſible:
Je devrois retenir ces premiers mouvemens.
Mais ſe vaincre à tous les momens!
L'effort eſt pour moi trop pénible.
Près de vous mes empreſſemens

N'ont pas, je crois, besoin d'excuse.
Quant aux vivacités dont je sais qu'on m'accuse,
Rien de plus pardonnable. Avec moi, sans façon,
Je vois que tout le monde en use,
Et qu'on me traite ici comme un petit garçon.
Depuis plus de six mois je suis sorti des Pages;
Et je connois assez le monde & ses usages,
Sans qu'on me fasse la leçon.

AGATHE.

C'est un avis pour moi.

CÉLICOUR.

Vous savez bien que non:
Jamais l'amitié n'humilie.
Mais il n'est pas ici, jusqu'à Monsieur Cliton,
Qui sans cesse avec moi s'oublie,
Et prétend me donner le ton.

AGATHE.

Pour celui-là, je vous supplie
De le ménager.

CÉLICOUR.

Moi!

AGATHE.

Vous-même, & pour raison;
Car c'est l'ami de la maison.

CÉLICOUR.

Vraiment! votre mere en est folle;
Et comme elle chacun le croit, sur sa parole,
Un Savant, un Sage, un Caton.

AGATHE.

Hé bien? laissez-les croire.

CÉLICOUR.

Oh! tout cela me blesse.

AGATHE.

Mais, mon petit cousin, je ne sais pas pourquoi.

CÉLICOUR.

Par exemple, là, dites-moi,
S'il est bien qu'avec lui votre mere vous laisse
Des heures tête-à-tête?

AGATHE.

Il le trouve assez doux.

CÉLICOUR.

Je le crois bien.

AGATHE.

Rassurez-vous:
Un Sage est exempt de foiblesse.

CÉLICOUR.

Un fade adulateur, un censeur importun,
Tombé céans comme des nues,
Dont les mœurs vous sont inconnues,
Et dont l'état consiste à n'en avoir aucun:
Voilà ce qu'on appelle un Sage.

AGATHE.

Oui, ç'en est un,
Car il le dit.

CÉLICOUR.

La preuve est claire.

AGATHE.

D'abord, il n'eſt jamais de l'avis du vulgaire.

CÉLICOUR.

C'eſt n'avoir pas le ſens commun.

AGATHE.

De plus, il mépriſe un chacun.

CÉLICOUR.

Qui, je crois, ne l'eſtime guere.

AGATHE.

Il raiſonne de tout.

CÉLICOUR.

Et n'a jamais raiſon.

AGATHE.

Sait l'hiſtoire, la carte, & même le blazon.

CÉLICOUR.

Science rare!

AGATHE.

Et néceſſaire.

Sur un globe avec lui je parcours l'Univers.
Dans les tems reculés avec lui je me perds.
C'eſt lui qui m'inſtruit, qui m'éclaire.
Il veut me rendre habile.

CÉLICOUR.

Ho! moi, je vous prédis
Qu'il a des deſſeins plus hardis.

AGATHE.

Et quels deſſeins?

CÉLICOUR.

Mais, de vous plaire.

AGATHE.

Tant mieux !

CÉLICOUR.

Oui-dà ?

AGATHE.

J'en ſuis bien aiſe.

CÉLICOUR.

En vérité ?

J'en ſuis bien aiſe auſſi. Quelle tranquillité !

Et s'il ſe réſerve à lui-même

Un prix qui n'étoit dû qu'à moi, qu'à mon amour ?

AGATHE

Vous n'y penſez pas, Célicour.

Eſt-ce que vous m'aimez ?

CÉLICOUR

O ciel ! ſi je vous aime !

En doutez-vous, Agathe ?

AGATHE.

Et qui me l'auroit dit ?

CÉLICOUR.

Qui ? mon raviſſement, mon trouble, mon ivreſſe,

De mon cœur agité la joie & la triſteſſe,

L'inquiétude & le dépit ;

Tout, juſqu'à mon ſilence.

AGATHE.

Ho! je n'ai pas l'adresse
D'expliquer le silence.

CÉLICOUR.

Et mes soins assidus,
Mes soupirs, mes regards, qui vous parloient sans cesse?

AGATHE.

Je ne les ai pas entendus.

CÉLICOUR.

Je ne m'étonne plus de vous voir si paisible.
Je vous paroissois fou : vraiment, je le crois bien :
Votre cœur étoit insensible
A tous les mouvemens du mien.
Mais non, cela n'est pas possible.
Par exemple, cent fois, en vous donnant la main,
J'ai pressé doucement la vôtre dans la mienne.

AGATHE.

Je ne l'ai pas senti, du moins qu'il me souvienne.

CÉLICOUR.

Et l'autre jour, dans le jardin,
Quand je louois tant cette rose,
Fraîche, vermeille, à demi close,
Qui répandoit dans l'air le parfum le plus doux;
Et quand j'aurois voulu me changer en abeille,
Pour avoir de la rose une faveur pareille
A celle dont j'étois jaloux?

AGATHE.

Hé bien ?

CÉLICOUR.

La rose, c'étoit vous.
Et ce pigeon plaintif & tendre,
A qui je souhaitois une colombe ?

AGATHE.

Hé bien ?

CÉLICOUR.

C'étoit moi, vous dûtes l'entendre.

AGATHE.

Moi, je n'entends jamais que ce qu'on me dit bien.

CÉLICOUR, *vivement.*

Je vous dis donc que je vous aime ;
Que je veux être votre époux ;
Et que je ne puis voir, sans un dépit extrême,
Qu'un autre ose prétendre à des liens si doux.
M'entendez-vous enfin ?

AGATHE.

Oui, vous êtes jaloux.
Cela fait bien du mal !

CÉLICOUR.

Il dépend de vous-même
De m'en guérir, de me calmer.

AGATHE.

Que faut-il pour cela ?

CÉLICOUR.

M'aimer.

AGATHE.

Vous aimer ! Après ? Je suppose
Que nous nous aimions. Croyez-vous
Qu'à nous unir on se dispose ?
Et qu'avec vos vingt ans, vous soyez bien l'époux
Qu'à votre cousine on propose ?

CÉLICOUR.

Ah ! quel malheur vous m'annoncez !
J'en mourrai de douleur ; mais, avant que je meure,
Dites-moi seulement, je t'aime : c'est assez.

AGATHE.

Oui, je vous aime, à la bonne heure ;
Mais plus d'impatience, ou je me fâcherai.

CÉLICOUR, *très-vivement.*

Ho ! non. Je me posséderai.
Je suis aimé, je suis tranquile :
A présent rien n'est plus facile ;
Et plein de mon bonheur, je le renfermerai.

AIR.

Oui, désormais je me possede.
Je suis prudent, je suis discret.
Quoi qu'on me dise, ho ! oui, je cede,
Et je garde là mon secret.

Mais vous, Monſieur Cliton,
Changez de ton.
Je ſuis humble & timide:
Jamais je ne décide;
Je ſuis humble & timide;
Mais n'en abuſez pas:
Monſieur Cliton, un ton plus bas.

Oui, déſormais je me poſſede.
Je ſuis prudent, je ſuis diſcret.
Quoi qu'on me diſe, ho! oui, je cede,
Et je garde là mon ſecret.

Devant ma tante,
Je me préſente
Les yeux baiſſés.
Qu'elle commande,
Qu'elle défende;
C'en eſt aſſez.
Neveu ſoumis,
Pour lui complaire,
Je cherche à faire
La cour à ſes amis.*

Mais vous, Monſieur Cliton, &c.

Oui, déſormais, &c.

SCENE II.

ORONTE, CÉLICOUR, AGATHE,

ORONTE.

AH ! mon fils, te voilà ? Tant mieux : je te cherchois.
Réjouis-toi. Ma sœur ... quelle sœur ! quelle femme !
Tu le savois, Agathe, & tu nous le cachois.

AGATHE.

Moi ! non, je ne sais rien.

ORONTE, *à Célicour.*

Elle a lû dans ton ame ;
Elle met le comble à tes vœux.

CÉLICOUR.

Ah ! mon pere !

ORONTE.

Oui, mon fils, dès demain, si tu veux,
Tu peux partir.

CÉLICOUR.

Comment ?

ORONTE.

Du bien que je possede,
Elle a su que j'allois employer la moitié
Pour ton avancement ; elle vient à mon aide ;
Et sa généreuse amitié

Te fais don du brévet qui t'ouvre la carrière.
Rien ne s'oppose plus à ton ardeur guerrière.
La fortune t'appelle, & la gloire t'attend.
Te voilà Capitaine.

CÉLICOUR.

O ciel !

ORONTE.

Es-tu content ?

CÉLICOUR, *avec embarras.*

Je me sens pénétré des bontés de ma tante ;
Mais vous, mon pere...

ORONTE.

Hebien ?

CÉLICOUR.

Vous, de qui je dépends,
A recevoir ses dons faut-il que je consente ?
C'est le bien de sa fille ; & c'est à ses dépens...

AGATHE.

Célicourt, avez-vous envie
De ne plus me revoir ? C'en est fait pour la vie,
Si vous répétez ce mot là.

CÉLICOUR.

Je me tais.

ORONTE.

Oui, laissons cela.
Tu n'as plus rien qui te retienne ;
Et mon impatience est égale à la tienne.
Allons. Viens d'abord t'acquitter
De ce devoir si doux de la reconnoissance.

CÉLICOUR, *retenant Agathe qui veut s'en aller.*

Un moment, chere Agathe. Avant de nous quitter,
Mon pere, écoutez-moi.

ORONTE.

Qu'eſt-ce ? Une confidence ?

CÉLICOUR.

Mon pere !

ORONTE.

Au fait.

CÉLICOUR.

Depuis que nous ſommes ici,
Je n'ai ceſſé de voir Agathe.

ORONTE.

Elle eſt jolie,
Ta couſine !

CÉLICOUR.

Ah ! charmante.

ORONTE.

Elle eſt douce, polie.
Je l'aime tout à fait.

CÉLICOUR.

Hélas ! je l'aime auſſi.

ORONTE.

Je n'ai pas de peine à le croire.
Hebien, mon fils, l'amour eſt le prix de la gloire.
Il vous en a lui-même applani le chemin ;
Soyez digne d'Agathe, & méritez ſa main.

AIR.

Rien ne plait tant aux yeux des belles
Que le courage des guerriers.
Qu'ils ſoient vaillans, qu'ils ſoient fideles;
A leur retour je réponds d'elles.
L'amour ſous les lauriers
N'a point vu de cruelles.
Rien ne plait tant aux yeux des belles
Que le courage des guerriers.
Sous les Drapeaux, quand la trompette ſonne,
Chacun ſe dit : » Voilà l'inſtant;
» L'amour m'attend;
» Et dans ſes mains eſt la couronne.
» Qu'il nous regarde, & qu'il la donne
» Au plus vaillant,
» Au plus brillant.
» Voilà l'inſtant;
» L'amour m'attend;
» Et dans ſes mains eſt la couronne. »
Il a raiſon : l'amour l'attend.
Rien ne plait tant aux yeux des belles, &c.

CÉLICOUR, *vivement.*

Je ferai mon devoir; je ſerai, je l'eſpere,
Digne de ma maîtreſſe, & digne de mon pere.
Je brûle de ſervir ma patrie & mon Roi;
Et vous ſerez content de moi.

ORONTE.

Allons, j'en accepte l'augure.

CÉLICOUR.

Ho ! vous pouvez y croire ; & mon cœur vous l'assure :
De l'amour à la gloire on me verra vôler.
Tout ce que je demande, avant de m'en aller,
C'est de m'unir à ce que j'aime.

ORONTE.

Quoi, mon fils ! à ton âge !

CÉLICOUR.

Ah, mon pere ! un soldat
Est si pressé de vivre ! & vous savez vous-même
Que personne n'est jeune au moment d'un combat.
Si je meurs son époux, je meurs digne d'envie.
Mon pere, laissez-moi lui donner de ma vie
Deux beaux jours seulement : le reste est à l'Etat.

AGATHE.

(*à Célicour*) (*à Oronte.*)

Vous me faites trembler. Non, Monsieur, non, ma mere
N'y consentiroit pas. Elle veut l'éloigner.
Il lui déplaira s'il differe ;
J'en suis sure, & je veux du moins vous épargner
La douleur d'un refus marqué par sa colere.

ORONTE.

Elle a plus de bon sens que toi,
Mon fils.

CÉLICOUR.

Ah ! que n'a-t-elle autant d'amour que moi ?

AGATHE.

AIR.

L'amour le plus insensé
N'est pas toujours le plus tendre.
Si le votre est las d'attendre,
Le mien n'est pas si pressé.
Oui, Célicour, je vous aime;
Et c'est mon cœur, c'est lui même
Qui m'éclaire & me conduit.
Si vous aimez, sachez feindre.
Un soufle, un rien peut éteindre
Le foible espoir qui nous luit.

ORONTE.

Qui vous presse en effet? Vois un peu la folie
D'épouser à vingt ans femme jeune & jolie,
Et de la laisser là?

CÉLICOUR.

Mon pere! vous savez
Quels sont les écueils de mon âge.
Vous m'avez tant dit d'être sage!
Aidez-moi donc à l'être. Hélas! vous le pouvez.
Pour la fougue de la jeunesse
Est-il un frein plus assuré
Que ce lien chéri, que ce nœud révéré,
Dont l'amour & l'honneur nous occupent sans cesse?

ORONTE.

Oui, je sens bien que le devoir
Peut beaucoup sur une ame honnête;

Et

Et ma sœur n'auroit qu'à vouloir:
Moi, je m'en ferois une fête.

AGATHE.

Mon oncle, perdez cet espoir.

TRIO.

CÉLICOUR.	ORONTE.	AGATHE.
Laissez agir mon pere.	Voyez: je suis bon pere.	Je connois bien ma mere.
Il peut, avec douceur,	Je puis, avec douceur,	Severe avec douceur,
Lui dire: allons, ma sœur,	Lui dire: allons, ma sœur,	Elle diroit: non, non, mon frere.
Ma sœur, point de colere.	Ma sœur, point de colere.	Vous avez tort.
Nos enfans n'ont pas tort.	Nos enfans n'ont pas tort.	Ma fille a tort.
Comme eux soyons d'accord.	Comme eux soyons d'accord.	

ENSEMBLE.

CÉLICOUR.	ORONTE.	AGATHE.
Elle diroit, ils n'ont pas tort.	Je lui dirois, ils sont d'accord.	Elle diroit, ma fille a tort.

ORONTE.

Est-ce la fortune
Qui fait les heureux?

CÉLICOUR.

S'aimer, en est une
Qui remplit nos vœux.

AGATHE.

La mode importune
S'oppose à ces nœuds.

CÉLICOUR.	ORONTE.	AGATHE.
He quoi! l'amour eſt-il un tort?	He quoi! l'amour eſt-il un tort?	Elle diroit, oui c'eſt un tort.
Non, non, l'amour n'eſt pas un tort.	Non, non, l'amour n'eſt pas un tort.	

AGATHE.

Ecoutez. Mieux que vous je ſais ce qui ſe paſſe.
C'eſt Cliton qui vous nuit ; & c'eſt lui qui vous chaſſe.

CÉLICOUR.

Ah ! ſi je m'en croyois !

AGATHE.

Point de vivacité.
Soyez ſage, & laiſſez moi faire.
Cliton croit ſe jouer de ma ſimplicité ;
Mais je veux qu'il nous ſerve ; & j'en fais mon affaire.

AIR.

Je ne fais ſemblant de rien ;
Mais j'obſerve, je remarque.
Laiſſez-moi mener ma barque.
Paix donc ! paix ! tout ira bien.
C'eſt un plaiſir bien flateur,
De ſe jouer, à mon age,
D'un fripon qui fait le ſage,
Et de tromper un trompeur !
Je ne fais ſemblant, &c.
Je vois de loin ſon adreſſe ;
Et ſous cape je m'en ris.
Le chat guette la ſouris ;
Mais au piege qu'il me dreſſe
Lui-même il va ſe voir pris.
Je ne fais ſemblant, &c.

Fin du premier Acte.

ACTE SECOND.

SCENE PREMIERE.

ORONTE, CÉLICOUR, ORFISE, CLITON.

ORONTE.

MA sœur, voilà mon fils qui vient vous rendre
graces.

ORFISE.

Mon neveu, votre pere a bien servi son Roi ;
C'est à vous de suivre ses traces.

CÉLICOUR.

Son exemple, Madame, & ce que je vous doi,
Présent à mon esprit, m'occupera sans cesse.

ORFISE.

Quand partez-vous ?

CÉLICOUR.

Bientôt.

ORFISE.

Au plutôt, croyez-moi.

CLITON, *gravement.*

C'est dans l'oisiveté que se perd la jeunesse.

CÉLICOUR, *à demi voix.*

He ! Monsieur !

ORFISE.

C'est voir prudemment,

Mon frere. Allons, point de foiblesse.

Son équipage fait, qu'il parte incessament.

CÉLICOUR.

J'obéirai ... je ne desire

Que d'obtenir ....

ORONTE, *bas,*

Que vas-tu dire ?

ORFISE.

Laissez, laissez-nous un moment.

(ORONTE emmene son fils.)

SCENE II.

ORFISE, CLITON,

CLITON.

VOus avez fait, Madame, une chose admirable.

ORFISE.

J'ai suivi vos conseils.

CLITON.

Ah ! vous les devancez.

Toujours le mieux possible est ce que vous pensez.

Quelle ame ! quelle ame adorable !
On ne vous connoît pas. Je voudrois que l'on fut
Tout ce que vous valez, Madame.
De l'homme, à ce qu'on dit, la force est l'attribut;
Mais la délicatesse est celui de la femme.
Ce que nous méditons vous l'avez deviné ;
Et la raison, qu'en nous l'on vante,
N'est que la très-humble servante
De cet heureux instinct, qui chez-vous est inné.

ORFISE.

Ah ! Cliton, que l'on gagne au commerce d'un sage !
Vous m'ennoblissez à mes yeux.
Je ne sais pas si je vaux mieux ;
Mais je m'estime davantage.

CLITON.

Non, Madame, non, pas assez :
Vous êtes encor trop modeste.

ORFISE.

Vous croyez ?

CLITON.

Vous êtes céleste.

ORFISE.

Mais vous, peut-être aussi vous vous éblouissez ?

AIR.

La louange est un miroir,
Qui nous flate & nous abuse.
On l'éloigne, on se refuse
Au doux plaisir de s'y voir.

Mais certain je ne ſais quoi
Fait que, timide & confuſe,
On y revient malgré ſoi.
Vous me trompez, je le vois,
Et je me le dis ſans ceſſe.
He bien, telle eſt ma foibleſſe
Qu'en rougiſſant je vous crois.
La louange, &c.

CLITON.

Moi ! vous tromper ! jamais. Non, jamais je ne flate.
Par exemple, je vous dirai
Que ce beau naturel, que j'ai tant admiré,
Dégénere un peu dans Agathe.
Elle a de l'enjoûment, de la vivacité,
Même quelque lueur de ſenſibilité;
Mais ce tact de l'eſprit, cette raiſon ſublime,
Ce feu divin qui vous anime,
Pardon, je ne crois pas qu'elle en ait hérité.
Je ſens que je ſuis trop ſévere;
Je devrois un peu plus ménager une mere;
Mais je n'ai jamais ſu trahir la vérité.

ORFISE.

Un cœur que vous formez ſera du moins honnête.

CLITON.

Oui, je vous réponds de ſon cœur.
Mais je commençois d'avoir peur
Que le petit couſin ne lui tournât la tête.

AIR.

Dans la brulante saison,
Vers la fin d'un jour tranquile,
Vous voyez sur l'horizon
Comme une vapeur subtile.
Ce n'est d'abord qu'un éclair
Qui voltige & qui fend l'air.
Bientôt s'éleve un nuage ;
Et ce nuage s'étend.
Le ciel gronde ; & dans l'instant
L'éclair devient un orage.
C'est tout de même en amour ;
Et de l'éclair au ravage,
L'intervale n'est qu'un jour.

ORFISE.

Il faut à ma fille, à son âge,
Un guide sur, un homme sage ;
Et, sans parler du bien qui manque à mon neveu ;
Jamais cet amour là n'auroit eu mon aveu.

CLITON.

Quelle mere !

ORFISE.

Ajoutez, quel ami ! dont le zele
Pense à tout ! prévoit tout !

CLITON.

Hélas ! vous en aurez
Aiſément de plus éclairés ,
Mais aucun qui ſoit plus fidele.

ORFISE.

Je n'en cherche point d'autre, & vous me ſuffirez.
(à un Laquais.) *(à Cliton.)*
Holà ! quelqu'un ... Ma fille .... Il eſt tems qu'elle vienne
Prendre ſa leçon. Vous ſerez
Seul avec elle ; & vous lirez
Dans ſon ame.

CLITON.

Ho ! j'y vois plus clair que dans la mienne.

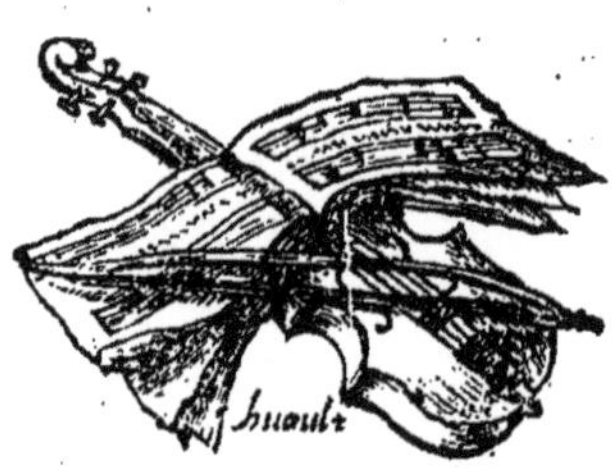

SCENE III.

CLITON, ORFISE, AGATHE.

ORFISE.

VOILA bien des jours diſſipés,
Ma fille, & perdus pour l'étude.

AGATHE.

Hélas, oui.

CLITON.

Nos momens ſeront mieux occupés!

ORFISE.

Allons, reprenez l'habitude
D'une ſage application.

AGATHE.

C'eſt bien mon inclination.
Mais mon conſin vouloit ſans ceſſe
Que nous fuſſions enſemble. Il aime à s'amuſer,
Mon couſin. Moi, par politeſſe,
Je n'oſois pas le refuſer.

ORFISE.

De quoi parliez-vous?

AGATHE.

Bon ! que ſais-je?
Des tours qu'il faiſoit au collége
Quand il étoit petit garçon,
De l'éxercice, du manége,
De la guerre, & de la façon
Dont il ſe conduiroit pour avoir de la gloire.
Tout cela m'ennuyoit, comme vous pouvez croire;
Et j'aimois bien mieux ma leçon
De géographie & d'hiſtoire.

CLITON.

Elle eſt naïve.

ORFISE.

Elle a du moins
La franchiſe de l'innocence.
Je vous laiſſe. Ah, Cliton! quelle reconnoiſſance
Ne devrai-je pas à vos ſoins!

SCENE IV.

CLITON, AGATHE.

CLITON.

ALLONS, Mademoiselle ! il faut vous rendre digne
D'une mere accomplie.

AGATHE.

Hélas ! je le veux bien.

CLITON.

Quelle docilité ! vous le voulez ? hé bien ;
Cette émulation est d'abord un bon signe.
Vos cartes, votre globe.

AGATHE.

Ah ! je les ai laissés.
Je vais. . . .

CLITON.

Non, demeurez. C'est moi. . . .

AGATHE.

Vous ne cessez
De vous donner pour moi des peines !

CLITON.

Qu'elles vous plaisent, c'est assez.

(Il sort.)

SCENE V.

AGATHE, *seule.*

JE te réponds qu'elles sont vaines.

AIR.

Si quelquefois tu sais ruser,
Amour, apprends-moi l'art de feindre.
Tu n'auras jamais à t'en plaindre.
Je ne veux point en abuser.
Ne crains pas qu'un voile trompeur,
A mon Amant cache mon ame.
C'est au pur éclat de ta flâme
Qu'il lira toujours dans mon cœur.

Si quelquefois, &c.

SCENE VI.

AGATHE, CLITON. *Ils s'asseyent.*

CLITON.

QUEL pays avons-nous parcouru?

AGATHE.

L'Italie.

CLITON.

Comment! vous vous en souvenez?

AGATHE.

Ho ! n'ayez pas peur que j'oublie
Les leçons que vous me donnez.

CLITON.

Nous allons à préſent voyager dans la Grece,
Pays autrefois ſi vanté,
Où fleuriſſoient les arts, les talens, la beauté ;
La Poëſie enchantereſſe.

AGATHE.

Ah ! que j'aurois voulu voir ce beau pays-là !

CLITON.

Oui, belle Agathe, c'étoit-là
Que vous êtiez digne de naître.
Avec ces attraits ingénus,
Si l'on vous avoit vu paroître
A la fête d'Hébé, de Flore, de Vénus !

AGATHE.

Flore, Vénus, Hébé, ces noms me ſont connus.

CLITON.

Aſſurément ils doivent l'être.

AGATHE.

Flore, la Déeſſe des fleurs ;
Hébé, celle de la Jeuneſſe ;
Mais Vénus ?

CLITON.

La Reine des cœurs,
Des plaiſirs l'aimable Déeſſe.

AGATHE.

Hé! oui, la mere de l'Amour,
Dont les plaisirs formoient la cour,
Et dont les jeux suivoient les traces :
Je lisois cela l'autre jour.

CLITON.

Vous oubliez vos sœurs.

AGATHE.

Moi! mes sœurs! qui?

CLITON.

Les Graces.

AGATHE.

Ah, Cliton! les Graces, mes sœurs!

CLITON.

En les nommant ainsi, soyez bien sûre, Agathe,
Que ce n'est pas vous que je flate.

AGATHE.

Toujours à vos leçons vous mêlez des douceurs.
Mais ces fêtes d'Hébé, de Vénus & de Flore,
Cela devoit être bien beau!

CLITON.

Hélas! si beau, que même encore
Le souvenir en est un magique tableau.

AIR.

Ah! dans ces Fêtes,
Que de conquêtes
L'Amour n'eût pas
Fait sur vos pas!
Dans quelle ivresse,

Toute la Grece
N'eût-elle pas
Célébré tant d'appas!
On eût dit: la voilà, c'est elle,
Qui ne le céde qu'à Cypris.
Donnons le prix
A la plus belle.
La voilà, la voilà, c'est elle.
A la plus belle
Donnons le prix.

Ah! dans ces fêtes, &c.

La Grece avoit des Sages;
Vous les auriez vu tous,
Au pied de vos images,
Présenter les hommages
Et les vœux les plus doux.
Oui, leur encens n'eût brûlé que pour vous.

Ah! dans ces fêtes, &c.

AGATHE.

Je suis confuse, en vérité....
Si l'on avoit la vanité
De vous croire... est-ce donc là comme
Un sage?....

CLITON.

Agathe, un Sage est homme:
La sagesse n'est pas l'insensibilité.

AGATHE.

Quoi! vous n'êtes pas insensible!

CLITON.

Insensible avec vous! le croyez-vous possible?

AGATHE.

Allons, voyons la Grece.

CLITON.

Ho! pas encor.

AGATHE.

Laissez,

Laissez mes mains.

CLITON.

Je céde au pouvoir invincible....

AGATHE, *en se levant.*

Vous n'y pensez pas. Finissez.

DUO.

CLITON.

Plus de mystere,
Plus de détour.
Non, non, l'Amour
Ne peut se taire.
C'est une ivresse que l'amour.

AGATHE.

Qu'avez-vous donc qui vous altere?
A nos leçons que fait l'amour?

CLITON.

C'est comme un feu qui me brûle.

AGATHE.

Ho! je ne suis pas si crédule.

CLITON.

Je vous dis que c'est un feu.

AGATHE.

Je vois bien que c'est un jeu.

AGATHE.

CLITON.

Mais je vous dis que c'eſt un feu.

AGATHE.

Moi, je vous dis que c'eſt un jeu.

CLITON.

Répondez à ma tendreſſe.

AGATHE.

C'eſt donc là qu'étoit la Grece?
Ne penſons
Qu'à nos leçons.

CLITON.

Ah! laiſſons-là nos leçons.

AGATHE.

Ah! finiſſons nos leçons.
Ne parlons que de la Grece.

CLITON.

Ah! laiſſons-là nos leçons.
Ne parlons que de tendreſſe.

AGATHE.

Voyez à quoi je m'expoſe,
Si l'on ſait, dans la maiſon,
Que c'eſt moi qui ſuis la cauſe
Que vous perdez la raiſon.

CLITON.

Hé! non, non, n'ayez pas peur
Que jamais je vous expoſe.
C'eſt le ſecret de mon cœur.

AGATHE.

La colere
De ma mere
Me fait peur.

CLITON.

N'ayez pas peur.
Je sais brûler & me taire.
C'est le secret de mon cœur.

AGATHE.

Voilà le tems qui se passe.
Ah! de grace!
Laissez-moi.

CLITON.

Voilà le tems qui se passe.
Ah! de grace!
Écoutez-moi.
Je meurs d'amour.

AGATHE.

Je meurs d'effroi.

CLITON.

Non, je ne suis plus à moi.

Quoi! vous refusez de m'entendre!
Quoi! l'ami le plus vrai, quoi! l'amant le plus tendre
Ne peut un moment vous parler!
Le tems de nos leçons est le seul qu'on nous laisse.

AGATHE.

Maman nous observe sans cesse.
Laissez-moi. Je veux m'en aller.

CLITON.

Si du moins j'osois vous écrire!

AGATHE.

M'écrire! à quoi bon? & ſur quoi?

CLITON.

Que n'aurois-je pas à vous dire?

AGATHE.

Je balance, je n'oſe, & je ne ſais pourquoi;
Car enfin vos écrits ſont des leçons pour moi:
C'eſt m'éclairer que de vous lire.

SCENE VII.

CLITON, *ſeul.*

AIR.

AH! je triomphe de ſon cœur.
Je ſuis aimé, je ſuis vainqueur.
Quelle innocence!
Quelle candeur!
C'eſt le deſir dans ſa naiſſance;
C'eſt le plaiſir dans ſa fleur.

Ah! je triomphe, &c.

De l'amour, dans ma lettre,
Le poiſon va couler.
D'un feu qui la pénètre,
Ma plume va brûler.

Elle lira,
S'attendrira;
Et dans ſon ame,
Un trait de flâme
Se gliſſera.

Oui, je triomphe de ſon cœur.
Je ſuis aimé, je ſuis vainqueur.

Fin du ſecond Acte.

ACTE TROISIEME.

SCENE PREMIERE.

AGATHE, *seule, une lettre à la main.*

JE l'ai, cette preuve parlante.
Ho! ho! l'ami de la maison,
Le Sage si vanté, vous perdez la raison!
Relisons sa lettre.... Excellente!

AIR.

Bon! mieux encor! oui, c'est cela.
Le digne Mentor que j'ai là!
Le pauvre homme! c'est dommage!
Il ne dort pas de la nuit.
C'est dommage!
Mon image
Le tourmente & le poursuit.
Bon! mieux encor! oui, c'est cela.
Le digne Mentor que j'ai là!
Je crois voir d'ici ma mere,

Lisant ce joli poulet,
Sa surprise, sa colere,
Et la mine qu'elle fait.
Son ami ne la craint guère:
Il me le dit clair & net.
Hé! oui vraiment, oui, c'est cela.
C'est un trésor que je tiens-là.

(*Agathe baise la lettre.*)

SCENE II.

AGATHE, CÉLICOUR.

CÉLICOUR.

QUE vois-je? quelle est cette lettre,
Qu'avec ce transport vous baisez?

AGATHE.

Ce n'est rien.

CÉLICOUR.

Ce n'est rien! voulez-vous bien permettre?

AGATHE.

Non, Monsieur.

CÉLICOUR.

Vous me refusez?

AGATHE.

Mais ce n'eſt rien, vous dis-je.

CÉLICOUR.

Agathe !

AGATHE.

Un badinage,
Qui ne mérite pas la curioſité.

CÉLICOUR.

Agathe !

AGATHE.

Non, en vérité,
Ce n'eſt qu'un jeu.

CÉLICOUR.

Voyons. Je gage
Que cette lettre vient du Couvent.

AGATHE.

Du Couvent ?
Non.

CÉLICOUR.

Quelque compagne chérie
Qui vous écrit, je le parie.

AGATHE.

Non.

CÉLICOUR.

Non !

AGATHE.

Non. C'eſt d'un homme. Etes-vous plus ſavant ?

CÉLICOUR.

D'un homme !

AGATHE.

Oui, oui, d'un homme.

CÉLICOUR.

Et vous baiſez ſa lettre?

AGATHE.

Si vous voulez bien le permettre.

CÉLICOUR.

Quelque parent?

AGATHE.

Non.

CÉLICOUR, *vivement.*

Non! je ſaurai ce que c'eſt?

AGATHE.

Mais, vous le ſaurez, s'il me plaît.

CÉLICOUR.

Seulement voyons de quel ſtile.

AGATHE.

Célicour, vous m'avez promis
Que ſi je vous aimois, vous ſeriez doux, tranquile,
Modéré, docile, & ſoumis?

CÉLICOUR.

Vous voyez, je le ſuis. Mais...

AGATHE.

Point d'impatience.
Les amants, comme les amis,
Se doivent l'un à l'autre un peu de confiance.

CÉLICOUR.

J'en ai. Mais...

AGATHE.

Croyez-vous, ou non,
Que je vous aime ?

CÉLICOUR, *en tremblant.*

Hélas ! je le crois.

AGATHE.

Tout de bon ?

CÉLICOUR, *de même.*

Oui, tout de bon.

AGATHE.

Croyez de même
Qu'on ne trahit pas ce qu'on aime.

CÉLICOUR, *vivement.*

Non, mais pour ce qu'on aime on n'a point de ſecret.

AGATHE, *d'un ton impoſant.*

Vous vous fâchez !

CÉLICOURT, *timidement.*

Moi ! non.

AGATHE.

Je veux qu'on ſoit diſcret.
Comment ! ſi j'étois votre femme,
Monſieur tous les matins auroit donc l'œil au guet,
Pour demander à voir le plus petit billet
Que l'on écriroit à Madame !

CÉLICOUR.

Ho ! non. Ce ſeroit abuſer...
(*Vivement.*)
Mais cette lettre enfin, je vous la vois baiſer,
Et baiſer de toute votre ame.

AGATHE.

Vraiment ! si je l'avois déchirée à vos yeux,
Vous n'en seriez pas curieux,
Je le crois bien. Le beau mérite !
La confiance est de me voir
La lire, la baiser, sans vous en émouvoir,
Et sans me demander qui peut l'avoir écrite.

CÉLICOUR.

Cela se peut-il proposer ?
Là, je m'en raporte à vous-même.

AGATHE.

Oui, Monsieur, voilà comme on aime;
Et sur la bonne foi l'on doit se reposer.

DUO.

CÉLICOUR.

Tout ce qu'il vous plaira;
Mais ce refus me blesse.

AGATHE.

Tout ce qu'il vous plaira;
Mais le soupçon me blesse.

CÉLICOUR.

Si c'est une foiblesse,
L'Amour l'excusera.

AGATHE.

Si c'est une foiblesse,
L'Amour vous guerira.

CÉLICOUR.

Et si l'on m'aime, on me plaindra.

AGATHE.

Et si l'on m'aime, on me croira.

CÉLICOUR.

Mais qu'eſt-ce qu'il en coute,
D'appaiſer ſon Amant?

AGATHE.

Juſqu'à l'ombre du doute,
Eſt un crime en aimant.

CÉLICOUR.

Vous me voyez tremblant;
Et de m'être infidelle
Vous faites le ſemblant.

AGATHE.

Si ce n'eſt qu'un ſemblant,
Et ſi je ſuis fidelle,
Ne ſoyez plus tremblant.

CÉLICOUR.

Tout ce qu'il vous plaira, &c.

AGATHE.

Tout ce qu'il vous plaira, &c.

CÉLICOUR.

He bien je t'en croi.
Sur ta bonne foi,
A tout je m'expoſe.
Je n'ai plus de doute avec toi.

AGATHE.

C'eſt aſſez pour moi.
Sur ma bonne foi
Ton cœur ſe repoſe.
Je n'ai plus de ſecret pour toi.

Tiens, lis.

CÉLICOUR.

Non, je ne veux pas lire.
Tu m'aimes; je le crois; cela doit me ſuffire.

AGATHE.

Lis, lis, quelques mots ſeulement.

CÉLICOUR.

Si tu le veux abſolument,
Il faut bien t'obéir... Quoi ! c'eſt Cliton !

AGATHE.

Lui-même.

CÉLICOUR.

Que vois-je ? Il vous dit qu'il vous aime !

AGATHE.

Aſſurément.

CÉLICOUR.

Et vous baiſez
Cette lettre inſolente !

AGATHE, *avec impatience.*

Ho ! de grace, liſez.

CÉLICOUR *lit.*

» Oui, belle Agathe je vous aime.
» Votre image ſans ceſſe, en tous lieux me pourſuit.

AGATHE.

Ce n'eſt rien que cela. Paſſez à ce qui ſuit.

CÉLICOURT *lit.*

» Je ne me connois plus moi-même.
» Tous les jours enivré du plaiſir de vous voir,
» Près de vous je reſpire un feu qui me conſume.
» La raiſon veut l'éteindre, & l'amour le ralume
» Aux foibles rayons de l'eſpoir.
» Ah ! laiſſez cet eſpoir à mon âme enflâmée.
» Livrez-vous au plaiſir d'aimer & d'être aimée.

» Croyez qu'il n'eſt rien ſous les cieux
» Ni de plus doux, ni de plus ſage.
» Voyez quels momens précieux
» L'amour attentif nous ménage,
» Ah ! qu'ils ſeroient délicieux
» Si nous ſavions en faire uſage ! »

AGATHE.

Continuez.

CÉLICOUR.

L'audacieux !
Quel égarement ! quel délire !

AGATHE.

La fin, ſurtout, eſt bonne à lire.

CÉLICOUR *lit.*

» Doutez-vous que l'himen ne ſouſcrive à des nœuds
» Qu'aura formés l'amour ? Allez, ſoyez tranquile.
» A votre mere il m'eſt facile
» D'inſpirer tout ce que je veux.
» Que n'êtes-vous auſſi docile !
» Rien ne manqueroit à mes vœux.

AGATHE.

Qu'en dites-vous ?

CÉLICOUR.

Quelle inſolence !
Votre mere lira cette lettre.

AGATHE.

Un moment.

CÉLICOUR.

Moi ! garder avec lui quelque ménagement !
Non, non, rien ne ſauroit me forcer au ſilence.

AGATHE.

Vous êtes un peu vif. (*bas.*) Voyons s'il eſt méchant.
Oui, vous ſerez vengé, ſi vous aimez à l'être.
Dès que maman va le connoître....

CÉLICOUR.

Il aura ſon congé, n'eſt-ce pas ?

AGATHE.

Sur le champ.

CÉLICOUR.

Sans éclat ?

AGATHE.

Sans éclat, peut-être ;
Mais tout ſe ſait. Le bruit en ſera répandu ;
Et les noms de fourbe & de traître
Lui ſeront prodigués. C'eſt un homme perdu.

CÉLICOUR.

Quoi ! perdu, pour une folie !
Cela ſeroit trop ſerieux.

AGATHE.

Vous croyez?

CÉLICOUR.

Ma foi, j'aime mieux
Qu'elle demeure enſevelie.
Après tout, cet homme a des yeux ;

Il vous voit tous les jours, tous les jours embelie ;
Et ſans être un homme odieux,
On peut vous trouver fort jolie.

AGATHE.

Ah ! je ſuis tranquille à préſent ;
Et comme je voulois, cette épreuve m'éclaire.

CÉLICOUR.

Serois-je digne de vous plaire,
Digne de vous aimer, ſi j'étois malfaiſant ?

(Il veut déchirer la lettre.)

AGATHE.

Ne déchirez pas.

CÉLICOUR.

Bon ! pourquoi ?

AGATHE.

Je veux lui faire
Peu de mal, mais beaucoup de peur.
Ce n'eſt pas trop, je crois, pour punir un trompeur.

CÉLICOUR.

Ho ! non.

AGATHE.

Vous ſerez en colere ;
Et Cliton, pour vous appaiſer,
N'ayant rien à vous refuſer,
Lui-même à nous unir engagera ma mere.

CÉLICOUR.

A merveille ! au moyen de ſa lettre... Oui, je vois,
Belle Agathe, & je ſens tout ce que je vous dois.

(Il ſe jette à ſes genoux, & lui baiſe la main.)

SCENE III.

CLITON, CÉLICOUR, AGATHE.

AGATHE, *appercevant Cliton.*

(Bas.) VOICI Cliton. *(Haut.)* Quelle folie !
Un Capitaine à mes genoux !
Eſt-ce là votre poſte ?

CÉLICOUR.

Il me ſeroit bien doux !

AGATHE.

Si votre Colonel vous voyoit ?

CÉLICOUR.

De ſa vie
Il n'auroit été ſi jaloux.

AGATHE.

Allons, finiſſez. Levez-vous.

CÉLICOUR.

Songez que dans peu je vous quitte.

AGATHE.

Ne m'avez-vous pas fait vos adieux ? Tout eſt dit.
Allez vous-en bien loin, & m'oubliez bien vîte.

CLITON.

CLITON, *à part.*

Bon ! comme il a l'air interdit !

(*à Célicour.*)

Ah ! je vous y prends, petit traître ;
Petit séducteur ! c'est ainsi
Que de la liberté que l'on vous donne ici ?...
Je suis ravi de vous connoître.

CÉLICOUR.

Qu'ai-je fait ?

CLITON.

Vous croyez peut-être
Que je n'ai pas vû ? Libertin !

AGATHE.

Oui, grondez-le bien fort ; car c'est un vrai lutin.

CLITON.

Tremblez jeune insensé.
Sa mere va m'entendre ;
Et vous serez tancé.
Demain, sans plus attendre,
Partez, partez d'ici.
Agathe le veut ainsi.
Voyez-vous, dans sa rougeur
Comme la colère éclate ?
Appaisez-vous, belle Agathe ;
Je serai votre vengeur.
Tremblez jeune insensé.
Sa mere va m'entendre ;
Et vous serez tancé.
Demain, sans plus attendre,
Partez, partez d'ici.
Agathe le veut ainsi.

CÉLICOUR.

Qu'elle ordonne ; il ſuffit. Mais vous, il vous ſied bien
D'employer ici la menace ?
Vous voulez me chaſſer ? Et c'eſt moi qui vous chaſſe.
(Il lui montre ſa lettre.)
Voilà votre congé, bien plus ſur que le mien.

CLITON, *à Agathe.*

Quel eſt ce congé ?

AGATHE.

Ce n'eſt rien.
C'eſt ce billet, ce badinage,
Que vous m'avez écrit.

CLITON.

Il l'a vû !

CÉLICOUR, *à part.*

Le courage,
Va lui manquer.

CLITON.

O ciel !

AGATHE.

Ne ſoyez point fâché :
C'eſt mon couſin : pour lui je n'ai rien de caché.

CLITON.

Je ſuis trahi ! perdu !

CÉLICOUR.

J'aime à voir de quel ſtile
Un ſage écrit à ſa pupile.
Libertin ! ſéducteur !

CLITON.

J'avois perdu l'eſprit,
Je l'avoue. Ah ! rendez, rendez moi cet écrit.

CÉLICOUR.

Non.

CLITON.

De grace.

CÉLICOUR.

Peine inutile.

CLITON.

Agathe!

AGATHE.

Allez, ſoyez tranquile.
Il ne le montrera qu'à ma mere.

Elle ſort.

SCENE IV.

CÉLICOUR, CLITON.

CLITON.

AH! ſerpent!

(à part.)
Que vais-je devenir ſi cela ſe répand?

DUO.

CLITON.

J'ai fait une grande folie.
Je le ſens bien!

CÉLICOUR.

Je le crois bien.

CLITON.

Hélas! quel malheur eſt le mien!
Mais quoi, le plus ſage s'oublie.

CÉLICOUR.

On ne peut pas toute ſa vie
Jouer ſi bien l'homme de bien.

CLITON.

Souvent le plus ſage s'oublie.

CÉLICOUR.

Souvent le plus ruſé s'oublie.

CLITON.

J'ai fait une grande folie.
Hélas! quel malheur eſt le mien!

CÉLICOUR.

On ne peut pas toute ſa vie
Jouer ſi bien l'homme de bien.

CLITON.

Mon cœur me le reprochoit bien;
Mais Agathe eſt ſi jolie!

CÉLICOUR.

Ho! très-jolie!
Oui, j'en convien.

CLITON.

N'en dites rien, je vous ſupplie,
Dans la maiſon n'en dites rien.

CÉLICOUR.

Pour cela non. Je vous ſupplie
De trouver bon qu'il n'en ſoit rien.

CLITON.

J'ai fait une grande folie. &c.

CÉLICOUR.

Finiſſons. Vous avez du crédit ſur ma tante;
A garder le ſecret voulez-vous m'engager?

CLITON.

Si je le veux!

CÉLICOUR.

Je puis encor vous ménager.
J'aime Agathe. A mes vœux que ſa mere conſente ;
Et je veux bien tout oublier.

CLITON.

Que n'ai-je le crédit dont je vois qu'on me flate !
Mais...

CÉLICOUR.

Point de *mais*. Je n'ai qu'un mot: la main d'Agathe ;
Si non, je vais tout publier.

SCENE V.

CLITON, *ſeul.*

AH! quelle adreſſe!
La traîtreſſe !
Comment prévoir
Un trait ſi noir ?
Ah! mon ivreſſe,
Ma tendreſſe,
Mon ivreſſe
Ne m'a fait voir
Qu'un fol eſpoir.
C'eſt par moi, par moi-même
Qu'elle a ſu me punir.
A mon rival qu'elle aime,
C'eſt moi qui vas l'unir.
Dans ce péril extrême
Sauvons du moins l'honneur.
Faiſons.... Quoi? Leur bonheur!
Ah! qu'elle adreſſe ! &c.

SCENE VI.

ORFISE, CLITON.

ORFISE, *avec émotion.*

Vous êtes là, Cliton, bien calme & bien tranquile ;
Et moi, je suis dans la douleur.
Ma fille ....

CLITON.

Hé bien ?

ORFISE.

Votre pupile .....
Vous m'avez prédit mon malheur.
Elle est amoureuse à son âge,
De mon étourdi de neveu ;
Et mon frere, cet homme sage,
Me demande, à moi, mon aveu.

CLITON.

On sait que vous êtes si bonne !

ORFISE.

Je le suis ; mais non pas assez
Pour former ces nœuds insensés.
N'ayez pas peur que j'abandonne
Ma fille à ses foles amours ;
Et pour en abréger le cours,
Je vais lui déclarer l'époux que je lui donne.

CLITON.

Vous avez fait un choix ?

ORFISE.

Oui, le choix d'un époux
Aimable & vertueux, éclairé, ſage & doux,
D'un caractère honnête & d'un eſprit ſolide,
Qui ſera ſon ami, ſon conſeil & ſon guide;
Et cet homme unique, c'eſt vous.

CLITON.

Moi, Madame ?

ORFISE.

Oui, vous-même.

CLITON, *à part.*

Ah ! maudite imprudence !

ORFISE.

Ma fille eſt ſous ma dépendance.
Je diſpoſerai de ſa main.
Et quant à mon neveu, nous nous quittons demain.

CLITON, *à part.*

Qu'ai-je fait ?

SCENE VII.

ORFISE, CLITON, ORONTE, AGATHE, CÉLICOUR.

ORFISE.

OUI, demain nous nous quittons mon frere.

ORONTE.

Ma sœur, en vérité je ne sais pas pourquoi
Vous vous êtes mise en colère.
Nos enfans s'aiment : je n'y voi,
Ni crime, ni malheur. Ils sont de bonne foi,
Et tous deux en âge de plaire.
Vous êtes plus riche que moi,
Voilà tout.

ORFISE.

Fi, Monsieur ! quelle indigne pensée !
Riche, ou non, votre fils est un jeune étourdi.
Ma fille une jeune insensée ;
Moi, Monsieur, je suis mere, & je suis offensée ;
Ils ne se verront plus. C'est moi qui vous le di.

ORONTE.

Voulez-vous que ce soit la raison qui l'emporte,
Ma sœur ? prenons quelqu'un qui nous mette d'accord,
Cliton, votre ami, peu m'importe.
C'est à lui que je m'en raporte ;
Et je céderai, si j'ai tort.

ORFISE

ORFISE.

Vous prenez Cliton pour arbitre !

ORONTE.

Oui ma sœur. N'eſt-ce pas un ſage ?

ORFISE.

Aſſurément !

ORONTE.

Hébien, qu'il nous juge à ce titre.

ORFISE.

Volontiers. Je ſouſcris d'avance au jugement.

ORONTE.

Sans appel ?

ORFISE.

Sans appel. La faveur n'eſt pas grande.

ORONTE.

C'eſt tout ce que je vous demande.
Çà, notre juge, allons, prononcez librement.

CLITON, *à part.*

Que dirai-je ?

CÉLICOUR, *bas.*

Parlez, ou je parle moi-même.

CLITON.

Vous avez ſur Agathe un empire ſuprême,
Madame ; & vos deſirs ſont pour elle des loix.

ORFISE, *à Oronte.*

Hébien ?

CLITON *.

Mais une mere, à ses enfans qu'elle aime,
De son autorité ne fait sentir le poids,
Qu'avec une douceur extrême.

ORFISE.

Ne m'avez-vous pas dit cent fois,
Qu'il seroit imprudent de les unir ensemble?

CLITON.

Oui.... Mais à présent il me semble
Plus dangereux encor d'exercer tous vos droits.

ORFISE.

Monsieur, point de foiblesse, & point de déférence,
(*bas.*)
Voulez-vous leur donner sur vous la préférence?

CLITON.

Ah Madame! je sens tout ce que je vous dois.

ORFISE.

Prononcez donc.

CLITON.

J'hésite, & ce n'est pas sans cause.
A des regrets, sans doute, un fol amour expose...
Mais Agathe a choisi; je souscris à son choix.

ORFISE.

Mais, Monsieur, c'est à vous que ma fille est promise;
Et c'est à moi qu'elle est soumise.

---

* *Chaque fois que Cliton paroit pencher du côté de la mere, Célicour lui montre la Lettre, & la peur lui fait changer d'avis.*

ORONTE, & CÉLICOUR.

Lui ! lui ! l'époux d'Agathe !

CLITON.

Ah Madame ! Ceſſez
D'affliger ces deux cœurs que l'amour a bleſſés.

ORFISE.

C'eſt vous Cliton ! c'eſt vous qui voulez que je livre
Ma fille à ce jeune homme !

CLITON.

Oui, faiſons deux heureux,
Madame : auprès de vous, ſous vos yeux ils vont vivre ;
Et vous ſerez ſage pour eux.

ORFISE.

Non, cela n'eſt pas concevable.
Quel homme !

ORONTE.

Allons ma ſœur.

ORFISE.

Je l'avoue, il m'accable.

ORONTE.

Ici les vains détours ne ſont plus de ſaiſon :
Il faut céder.

ORFISE.

Je céde.

CÉLICOUR

Ah Madame !

AGATHE.

Ah ma mere !

ORFISE.

Rendez-lui grace.

ORONTE.

Hebien, n'avois-je pas raiſon

CÉLICOUR, *à part, rendant la lettre à Cliton.*

Tenez, l'homme de bien. Je me tais; mais j'espere
Que vous ne serez plus l'ami de la maison.

QUINQUE.

ORFISE.

Le voilà, le vrai modèle
De la candeur & du zèle;
Le vrai sage, le voilà.
Je veux que de ce trait-là
Soit fait un récit fidèle.
Dans mille ans on le lira;
En le lisant chacun dira:
Le voilà, le vrai modèle
Des amis de ce tems-là.

ORONTE, AGATHE, CÉLICOUR, *en ironie.*

Le voilà, le vrai modèle
De la candeur, &c.

CLITON, *à part.*

Le voilà, le vrai modèle
De la malice femelle;
Et sa dupe, la voilà.
Comptez, après ce trait-là,
Sur la candeur d'une belle.
En me voyant on dira:
Tu croyois te jouer d'elle,
Pauvre sot! qu'as-tu fait-là?

FIN.

APPROBATION.

J'Ai lû par ordre de Monsieur le Lieutenant Général de Police, *l'Ami de la Maison*, *Comédie*, & je crois qu'on peut en permettre la Représentation & l'impression; à Paris ce 16 Novembre 1771. MARIN.

Vû l'Approbation, permis de représenter & d'imprimer ce 17 Novembre 1771. DE SARTINE.

AIRS
DE L'AMI DE LA MAISON,
COMÉDIE.
AGATHE.

vez trom - pé mon at - ten - te.
Je ſuis de vous très-mé - con - ten - te, Très-
mé - con - - tente, En - ten - dez-
vous? Très - mé - con - tente, En - ten - dez-
vous? En - ten - dez - vous? Hé! quoi, ſans
ceſ - ſe, ſui - vre mes pas?
Cher - cher mes yeux? Me par - ler

bas? Et me sou - ri - re a-
vec fi - nes - se? A-
vec fi - nes - se? Bel - le fi-
nes - se! Vous croy - ez qu'on ne
vous voit pas, Qu'on ne vous voit
pas. Des vi - va - ci - tés sans
fin, sans nombre. Vous vous dé - pi-

tés; Vous - de - ve - nez fom - bre.
Vous ne me quit - tez non plus que mon
om - bre, Non plus que mon om - bre.
Tou-jours af - - fis à mes cô -
tés; tou - jours, tou - jours à mes cô -
tés; Tou-jours af - fis à mes cô -
Al fegno.
tés, A mes cô - tés. Je fuis de, &c.

CLITON.

MENUETTO *lento.*

el- le. Qui ne le cé- de qu'à Cy-
pris. Don-nons le prix A la plus
bel- le. La voi- là, la voi-là; C'est
el- le: A la plus bel- le, A la plus
bel- le, A la plus bel- le
don- nons le prix. La Grè- ce a-voit des
Sa- ges; Vous les au- riez vus tous Aux

pieds de vos i - ma - ges, pré - sen - ter les hom-
ma-ges Et les vœux les plus doux.
Oui, leur en - cens, Leur en - cens n'eût brû-
lé que pour vous, Oui, leur en-
cens, Leur en - cens n'eût brû - lé que pour
vous.

www.ingramcontent.com/pod-product-compliance
Ingram Content Group UK Ltd.
Pitfield, Milton Keynes, MK11 3LW, UK
UKHW021111290826
14628UKWH00014B/1579

9 782019 292928